L'été d'...

ÉRIK POULET

*Détache le marque-page
et ton héros
t'accompagne au fil des pages*

Érik Poulet

L'été d'Anouk

Direction d'ouvrage Claude Clément

Illustration de Béatrice Alemagna

TEMPO

Pour Florian, Léa et Alexis

ISBN 2-7485-0121-7
© Syros/VUEF, 2003

... Mais ce sont mes cheveux, surtout !

Je ne peux pas y toucher sans avoir envie de pleurer... On me les a coupés, coupés sous l'oreille, mes copeaux châtain roussi, mes beaux copeaux bien roulés ! Pardi, les dix centimètres qui m'en restent font tout ce qu'ils peuvent, et bouclent, et gonflent et se dépêcheront de grandir, mais je suis si triste tous les matins, quand je fais involontairement le geste de relever ma toison, avant de me savonner le cou.

Colette, *Claudine à Paris*

– Décidément on croirait que vous le faites exprès ! Je vous ai demandé d'attendre le refrain.

Anouk s'exprime en détachant chaque mot bien distinctement. Et surtout bien fort. À sa façon de déformer les lèvres et de prendre des poses, on devine qu'Anouk est une graine de star qui ne s'ignore pas.

C'est Jeannie, la monitrice, qui lui a confié la mise en scène de la chorégraphie pour la fête des parents. Il n'en fallait pas davantage pour donner à Anouk la grosse tête.

– On dansera sur une chanson d'Elysa ou bien je renonce à tout !

Cela avait au moins l'avantage d'être clair. Les autres filles avaient applaudi. De même l'auraient-elles également fait à l'annonce d'un autre choix. Puisque Anouk l'avait décidé ainsi !

– On répétera ici, avait exigé Anouk en pointant son doigt sur le préau de la colo.

Dans une semaine, le centre de vacances des Lucioles ouvrira ses portes aux familles.

Anouk se désespère. Les filles ne sont pas dans le rythme et la star frappe du pied...

– Bon, les mollasses, on reprend ! Toutes derrière moi. Ariel, top magnéto ! Les autres, têtes levées, bras le long du corps...

Elle agite sa natte dans tous les sens. Tantôt elle balaie le sol avec, tantôt elle chasse les mouches. Qu'importe, puisque c'est à son idole Elysa (numéro un sur toutes les radios) qu'elle veut ressembler.

Près de l'infirmerie, derrière le tronc du noyer, Romain n'en perd pas une miette avec les autres garçons. Il baptise Anouk de tous les noms d'oiseaux. Il faut dire que depuis le début des vacances, mademoiselle leur en fait voir de toutes les couleurs. Sans oublier les monos. Jeannie et Stéphane ont préféré lui passer ses caprices et ses humeurs plutôt que supporter les crises de nerfs de sa majesté Anouk.

« J'aime pas la salade », « j'veux plus marcher », « j'ai encore soif », « j'veux pas de ces draps bleus », « j'vais le dire à mes parents », « j'irai pas à la piscine », « Untel a volé mes sous »... Et patati et patata ! « Vivement la fin du mois ! » se disent les monos dès l'extinction des feux dans le dortoir. Jeannie avait donc pensé qu'en accordant la mise en scène du spectacle à Anouk, la colo serait en paix ou presque...

Romain déteste Anouk. Sa façon de bomber le torse et d'entortiller sa natte, de l'agiter d'une épaule à l'autre, de l'en-rouler comme une brioche retenue par une poignée d'épingles et de barrettes. Et surtout sa manière de dire aux trois autres filles collées à ses talons du matin au soir : « Suivez-moi ! »

Oui, Romain la déteste. À cause des biscuits qu'elle vole dans les placards des autres filles en accusant les garçons. À cause du chat des gardiens de la colo qu'elle avait enfermé une nuit entière dans les toilettes du réfectoire. Juste pour voir ce que ça faisait un chat qui a faim et qui a peur dans le petit coin. Au risque de tomber dans la cuvette et de s'y noyer en voulant boire. C'est elle qui l'a raconté à Ariel. Celui qu'elle a réussi à apprivoiser parmi les garçons. À cause de ses cheveux roux qui lui rappellent ceux d'Elysa. Ariel croit qu'elle l'aime. Lui, la natte d'Anouk il en rêve. Comme un croissant du dimanche. Tout doré et qui sent le beurre frais. À peine sorti du four.

La natte d'Anouk sent le shampoing aux œufs. Ou les algues, c'est selon. À force de l'agiter sous le nez de chacun entre les promenades et les repas au réfectoire, ça n'est plus un secret pour personne. Mademoiselle cherche à plaire, elle sent bon et ça se sait. Et la natte d'Anouk, Ariel l'a même embrassée, le fameux soir du feu d'artifice sur la place du village. Il avait profité que tous étaient aveuglés par l'explosion du bouquet final, le nez collé dans les étoiles, pour approcher ses lèvres de la natte sacrée, trempée dans l'œuf, parfumée par la mer et terminée par une boucle de velours rouge. Ce soir-là, au moment précis où tous les enfants de la colo hurlaient « Wouahouuuu ! » Romain a surpris Ariel portant à sa bouche le trésor d'Anouk. Sans même qu'elle s'en aperçoive. Quoi de plus naturel qu'une « star » avec le nez dans les étoiles et le cœur qui bat dans le chocolat des biscuits volés aux autres !...

C'est depuis ce soir-là que Romain a baptisé Ariel « Petit chien ». Il n'est pas un endroit à l'intérieur de la colo où Anouk ne soit suivie à la trace par lui. Arrive ensuite le cortège de Nora, Coline et Juliette. La reine ainsi comblée peut alors tout exiger de ses sujets. Du moindre service à la tâche la plus affligeante.

L'autre jour, pendant la randonnée à travers les coteaux, elle a obligé Coline à lui porter son sac à dos, prétextant une douleur aux genoux. Qui, au retour, fut la première à aller boire à la fontaine près de l'église en enjambant le trottoir pour dépasser la file indienne et les monos ? La reine Anouk ! Avec ses genoux tout bronzés et en parfait état... Coline n'avait rien dit des douleurs qui lui tenaillaient les vertèbres au bas du dos ni des lanières du sac qui lui avaient bleui la peau sur les épaules.

Non, le pire que Romain reproche à Anouk, c'est d'ignorer Fanny. Mais de l'ignorer à un point que même si Fanny portait en médaillon le visage de la belle Elysa, elle la remarquerait à peine. C'est tout dire ! Fanny, c'est comme si son visage était en verre. Comme si Anouk pouvait voir à travers elle les rosiers des massifs de la colo ou bien encore le bleu de la piscine à l'autre bout du parc... Pourtant, du bleu y en a plein dans le regard de Fanny. Et sans une goutte de chlore. Seulement de la lumière. De celle qu'on projette sur les cadeaux qu'on reçoit à Noël. Juste avant de retirer l'emballage et les rubans. Bizarrement, Fanny sème du bleu sur tout ce qu'elle aime. Alors Romain rêve d'être vu par elle. Au moins ces derniers jours avant la fin de la colo. Mais quoi faire pour être aimé ?

Fanny arrive chaque matin vers dix heures alors que les enfants s'apprêtent généralement à entrer dans la piscine les jours de plein soleil ou à faire des jeux de piste.

Elle accompagne sa mère, la lingère. Elles vivent au village. Chaque jour, elles garent leurs bicyclettes près du logement du gardien. Au début, tout le monde pensait que la lingère était la femme du gardien et Fanny leur fille. Comme elles repartaient chaque midi après avoir changé la literie et utilisé la buanderie pour étendre ensuite les draps et les serviettes, le mystère avait vite été éclairci.

La première fois, Fanny portait un bandana jaune avec une salopette en jean. Elle emboîtait le pas à sa mère, l'assistait dans la plupart de ses gestes. À peine osait-elle lever les yeux sur les autres enfants. Peut-être pensait-elle que laver et repasser le linge des autres était pour sa mère une tâche humiliante. Alors

Fanny baissait souvent les yeux pour éviter de rencontrer des regards blessants.

Caché près de l'enclos qui abrite les cinq poneys de la colo, Romain avait surpris dès le premier jour tout le bleu du regard de Fanny sous le bandana jaune.

Elle venait de caresser la crinière blonde de Pollux. Lorsqu'elle s'était retournée, la pointe de son bandana s'était soulevée, agitée par un courant d'air, dégageant la nuque et la naissance du crâne de la fillette. Juste une vitre séparait Romain de Fanny. Et juste quelques secondes avaient réveillé dans la mémoire du garçon les inoubliables images d'un film de science-fiction. Son frère aîné l'avait accompagné différents mercredis l'hiver précédent au cinéma Gaumont place d'Italie.

– Tu verras, tu vas adorer « L'Attaque des Lithophages » et « Planète Axyal » ! lui avait lancé son frère, la voix toute secouée par la hâte.

Non, Fanny ne pouvait pas être une extraterrestre, malgré sa peau si blanche, ses yeux trop grands et bien assez bleus pour noyer son visage tout entier.

Fanny voulait-elle lancer une mode au village, mieux encore, à la colo ? C'était plutôt mal venu et fichu d'avance...

Avec Anouk qui ne cessait de faire sa mijaurée en balançant sa natte entre deux cris de pintade ou bien en ficelant ses cheveux en un palmier tourmenté au faîte de sa tête pour ressembler à son Elysa dans l'un de ses clips...

Bref ! L'intérêt d'Anouk pour Fanny ne tenait qu'à un cheveu et tout venait de là !

Lorsque les quatre filles répètent leur chorégraphie sous le préau, Fanny s'éclipse enfin d'entre les jupes de sa mère pour se scotcher ventre à terre ou presque, les yeux exorbités comme un personnage de Disney, devant le mini-podium de fortune dressé par le gardien. Et là, Fanny, personne ne la voit. Anouk se prend pour la star intouchable dès le moment où elle dirige à la baguette Nora, Coline et Juliette. Ne serait-ce que pour en mettre plein la vue à la fille de la lingère qui n'a même pas un cheveu...

Fanny accorde la couleur d'un bandana à chacun des jours de la semaine. Jaune le lundi, rouge le mardi, bleu le mercredi, vert le jeudi, violet le vendredi et à fleurs imprimées le samedi. Celui du dimanche on ne le connaît pas. La buanderie de la colo est fermée le dimanche et la lingère vit ses secrets au village avec sa fille. De l'autre côté de l'église. Alors Romain a rêvé pour Fanny un bandana du dimanche cousu de coquillages avec des fils d'or et des confettis de miroir incrustés, comme sur le bonnet africain du mono. Pour avoir l'air d'une reine. La reine de la planète Axyal...

Sous les platanes, Stéphane prête un coup de main au groupe des « criquets ». Chacun doit réaliser un épouvantail avant dimanche pour le concours. Les parents devront choisir le plus original. Il semblerait que les filles chipotent déjà pour assembler les couleurs des tissus autour du bonhomme de paille. Sophie envisage un clown, Clara un gendarme, Camille une sorcière et Sorelle un extraterrestre.

La lingère leur a donné des draps élimés, des serviettes-éponges déchirées, quelques couvertures mitées, un lot de chaussettes percées et une vieille paire de double-rideaux aux couleurs passées par le soleil.

Plus fonceurs, les garçons s'agitent comme des Indiens autour d'un totem. Leur imagination donnera naissance au fur et à mesure à des personnages tout droit sortis d'un conte de *La Folie des hommes*, c'est Siméon qui l'a dit aux trois autres.

– Ben oui quoi ! Avec la pollution et tous les trucs bizarres qu'on mange, paraîtrait qu'un jour on risque de ressembler à nos épouvantails...

– T'es fou, toi ! lui retourne Renaud, les yeux écarquillés et le doigt vissé sur la tempe.

– Non, il a raison, moi j'suis pour ! s'exclame Denis.

– De toute façon, on nous a dit de faire *original* ! Tiens, par exemple, Anouk c'est une originale, non ? proclame Aurèle, les bras levés au ciel. Une grande tresse de paille, un chapeau rouge, un grand fouet dans une main et dans l'autre une photo de son Elysa...

Les garçons, pliés de rire, se roulent au pied des ballots de paille offerts par la ferme d'à côté.

– Au travail, les « criquets », et pas de blagues autour d'Anouk !

Stéphane se retourne pour rire avant de retenir Sophie en train d'arracher le morceau de toile bleue choisi par Camille.

– Ça suffit, les « criquettes » ! Vous ne serez jamais prêtes pour dimanche si vous vous battez comme des chiffonnières...

Sur une bâche étalée sous les arbres, les enfants ont réuni des bouteilles en plastique, du grillage, des chaussures éventrées, des boîtes à œufs, des rouleaux de ficelle et un bric-à-brac de parapluies tordus, des chapeaux cabossés, quelques serpillières, des manches à balai et des cartons de fleurs en tissu poussiéreuses récupérés dans les réserves de la colo. Du temps des kermesses où l'on décorait généreusement la scène pour le spectacle. Cette année, pas de fleurs ni de costumes d'époque pour jouer *L'Avare* ou dire les *Fables* de La Fontaine.

Non. Seulement la sono à fond, la voix d'Elysa et les rythmes endiablés pour balancer la natte d'Anouk et agiter les membres des autres danseuses.

Jeannie surveille le groupe des « mille-pattes ». Eux, ils ont choisi plus simple. Ils vont organiser un jeu de piste à travers les bois de la Charmille. Juste après les champs de tournesols. À la limite du village. C'est une idée de Dario et Sofiane.

Jeannie surprend Romain aux aguets, l'air de rien...

– Justement, Romain, rends-toi donc utile. Je te nomme responsable du trésor. Tu vas devoir fabriquer ou trouver l'objet à déposer dans la niche au trésor. Fais travailler ton imagination !

Dès que tu auras trouvé une idée, tu conserveras le mystère. Aucun d'entre vous ne devra connaître la surprise de Romain...

Romain se gratte la tête en faisant la moue.

Il préférerait fuir à l'intérieur d'un trou de souris plutôt qu'avoir à trouver quelque chose avant dimanche. Seulement voilà, Jeannie est plutôt sympa mais du genre tête de mule. Et lorsqu'elle a conseillé de se mettre au travail, il faut jouer le jeu dare-dare. Sans quoi, elle ne lâche plus sa victime. Quoique victime, c'est un peu excessif... Disons sa *marionnette* !

Aux quatre coins de la colo on chante, on lave, on taille, on rogne. On aime en secret parfois. Les cuisines du réfectoire libèrent une odeur de frites dans tout le quartier. De quoi donner du baume au cœur à tous. Y aura-t-il de la mousse au chocolat ?

Romain se pose la question tout en ruminant son projet de trésor. « Je n'ai pas de quoi acheter quelque chose. Je ne suis pas assez doué pour fabriquer une poterie, un tableau ou un bijou dignes d'un trésor. Offrir ma Game Boy, autant ne pas y penser... »

C'est alors que la porte de la buanderie s'ouvre devant Romain. Le sourire de la lingère lui va droit au cœur. C'est un peu celui de sa mère. Elle lui manque. La jeune femme porte ses deux mains à hauteur des lèvres pour diriger son appel :

– Fanny, on y va !

Fanny n'entend pas. Elle est coulée tout entière dans les gestes d'Anouk et de ses danseuses. La voix d'Elysa couvre celle de la lingère. Romain se précipite jusqu'au préau. Il ne veut pas que la lingère se fâche après Fanny. Il ne veut pas que Fanny soit triste le reste de la journée. Romain a des ressorts sous les semelles. Il bondit. Son regard ne fixe plus que le bandana jaune. Du trésor de Jeannie, il s'en fiche. Son trésor à lui ce sont les yeux bleus de Fanny, les silences de Fanny et son secret. Romain court. Trébuche, repart.

Rémy arrive sur son vélo depuis l'allée des buis. Il freine de toutes ses forces. Sous ses roues le gravier s'échappe. Romain plaque Rémy de plein fouet contre le buisson. Les oiseaux ont quitté les arbres et les plaintes des deux garçons remplacent leurs chants. Fanny n'entend pas. La lingère a tout vu. Impuissante. Stéphane intervient à grande foulée, suivi des autres moniteurs. Rémy montre sa jambe pliée sous le vélo. Les buissons ont égratigné le visage de Romain. Lui se tient le coude en serrant les dents.

Sous le préau, le reine Anouk a décidé de stopper les répétitions pour aujourd'hui. Mademoiselle en a assez. La sueur perle à son front, ses danseuses ne sont décidément pas dans le rythme et, comble du cynisme, elle ne supporte plus le regard de la fille de la lingère.

– Ariel, tu peux remballer ta musique ! Les filles, vous m'avez usée ! Je vais me doucher et vous oublier avant de prendre un bon bouquin. Inutile de vous cramponner à moi aujourd'hui. Je ne suis pas d'humeur... vraiment !

Fanny est bien trop admirative pour capter le manque de délicatesse d'Anouk. Elle sourit à Ariel et aux autres filles avant de s'éclipser sur la pointe des pieds ou presque. Transparente comme toujours. Fille d'un courant d'air et d'une caresse de soleil...

L'attroupement à proximité de l'allée des buis l'a vite précipitée au-delà du préau. Elle pense instantanément à un quelconque danger susceptible d'avoir fauché sa mère en plein travail. Son cœur s'accélère. Elle se laisse porter par ses jambes fragiles et n'hésite pas à courir comme autrefois... Comme elle peut. Qu'importe. Elle veut serrer sa mère contre elle. Quoi qu'il puisse lui être arrivé.

Même rien. C'est embrasser sa mère qu'elle désire à cette minute précise. Parce que la peur, ça entraîne les choses dans la tête. Ces choses que l'on ne comprend pas toujours mais qui nous rendent fragiles. À un point que l'on ne soupçonne même pas. Enfant ou adulte. Pareil. La lingère s'est un peu écartée du buisson de malheur. Son visage est enfin apparu parmi les autres. À une trentaine de mètres, Fanny se laisse pousser par la seule envie de pouvoir se blottir contre sa mère. Ses genoux sont en coton. Elle est bien là devant elle, avec ses cheveux blonds en désordre autour de son front large et ses joues creuses.

Avant même que sa fille ne l'interroge, la lingère l'étreint contre sa poitrine en lui affirmant que tout va bien. Elle ne lui dira pas que la musique de la chorégraphie a couvert sa voix lorsqu'elle l'a appelée. Ni que Romain a cru bon d'aller à sa rencontre et que le destin a décidé que les freins du vélo de Rémy seraient desserrés au point d'occasionner un accident... Non elle ne lui dira pas. Fanny s'est toujours cru responsable des malheurs des autres. Elle n'y peut rien, c'est dans sa nature. Se savoir la principale concernée par le choc de Romain et Rémy, elle n'aurait pas supporté. Sa maladie ne lui permet pas d'ajouter à son traitement la moindre contrariété. Ce mois de vacances à la maison auprès de sa mère, dans leur petite maison bordée de lavande où l'on voit depuis la fenêtre de sa chambre les champs de tournesols à perte de vue, oui, ce mois de vacances loin de l'hôpital mérite bien un peu de rêves, de couleurs et d'heures douces.

Rémy semble déjà remis sur pied. Sa jambe en sera quitte pour quelques ecchymoses bien bleues au fil des prochains jours. Romain conserve un teint blême. Il retient une grimace de douleur pour éviter à Fanny le moindre soupçon de pitié.

Stéphane le soutient jusqu'à l'infirmerie située à quelques mètres.

Personne n'éprouve le besoin de crier après les garçons. Il est bien entendu pour chacun des monos qu'aucune colo ne se passe sans bobos...

– Maman, je veux rester ici près de Romain. Laisse-moi aux « Lucioles » jusqu'à ce soir. Je t'en prie !

– Mais, ma chérie, je n'ai pas le droit. Le règlement ici est formel. Et puis tu...

– Et puis quoi ?

– Je le prends sur moi, madame. J'invite Fanny à déjeuner avec nous et à rester avec Romain. En plus, je crois qu'à la cantine nous aurons de la mousse au chocolat ce midi...

Fanny aurait embrassé le directeur. Les yeux de Romain retrouvent leur éclat. Il ne sait pas vraiment si c'est pour la mousse au chocolat ou pour la compagnie de Fanny.

Toujours est-il qu'il classe cette journée parmi les plus belles de ce mois de juillet

et qu'il doit une fière chandelle à ce casse-
cou de Rémy. En supplément, il lui don-
nerait volontiers le maillot jaune pour la
chute la plus au point.

À l'infirmerie de la colo, on ne sent pas l'éther ni tous ces trucs qui donnent l'impression que l'on passera là un sale quart d'heure. Maïa, l'infirmière (et non l'abeille), a punaisé sur les murs des posters pour cacher la peinture craquelée. On y voit des îles. Beaucoup de bleu autour des maisons blanches peintes à la chaux.

– Vous pouvez vous asseoir, les enfants, je ne vous mangerai pas. Maïa pique parfois mais ne dévore jamais ! Voyons ces petites éraflures... Tu vas ressembler quelques jours au clown de mon tee-shirt et ensuite seulement tu redeviendras un prince !

Maïa porte sur elle l'effigie d'un gros nez rouge qui lui mange presque la poitrine. *Clowns sans frontières*, c'est marqué. Juste à hauteur du nombril. « Ça change des blouses blanches », pense Fanny.

Une fois de plus, Romain se crispe pour éviter les grimaces sous les compresses de désinfectant. Malgré les efforts de Maïa pour faire diversion en parlant de *Shrek* qu'elle était allée voir au cinéma et où il était question d'un ogre qui vole au secours d'une princesse...

Sa princesse à Romain, elle est bien en face de lui. Aux aguets. Et lui n'a rien d'un ogre.

Sa princesse n'était pas en danger et il éprouve bien des difficultés à admettre qu'il puisse être devenu sous ses pansements un héros aux yeux de Fanny.

– Voulez-vous rester encore un peu ? Je vous offre un Coca – ne le dites à personne – et en plus je vous mets un CD. Détendez-vous un peu, je suis juste à côté.

Les enfants ouvrent tout grands leurs yeux et leurs oreilles, comme si Maïa était descendue de Jupiter.

Elle avait choisi l'album de Matthieu Chedid. Comme ça, au hasard... *Je dis M...*

– Dis, tu as mal ?

– Penses-tu ! C'est rien...

Sous le bandana, les yeux de Fanny ne cessent d'observer chaque détail du visage de Romain.

Alors Romain, intimidé, boit son Coca à petites gorgées. Histoire de gagner du temps sans avoir à dire des choses intelligentes.

– Je sais à quoi tu penses Romain. Tu meurs d'envie de savoir...

– De savoir quoi ?

– Ben, pour ma boule à zéro pardi !

Romain s'étouffe avec les bulles de

Coca et ses joues s'enflamment. Ce qui de toute façon l'arrange un peu.

Fanny recule d'un pas et laisse glisser son bandana à l'arrière de sa tête puis sur la nuque.

– Regarde, ça repousse déjà un peu, non ? Maman dit que l'an prochain ce sera de l'histoire ancienne. Moi aussi j'aurai une natte comme Anouk, tu verras. Et je danserai pour toi.

Le duvet sur la tête de Fanny ressemble au ventre tiède et rose des chiots. Lorsque, couchés sur le dos, ils attendent une caresse. Oui, Fanny est la reine de la planète Axyal. Comment pouvait-il en être autrement ? Elle vaut bien toutes les filles aux longues nattes dorées. Tout passe dans son regard. Même les choses auxquelles on ne sait pas donner un nom tellement c'est beau et ça fait du bien.

– Après les vacances, je retournerai à l'hôpital. C'est obligé pour guérir. Tu sais, là-bas y a plein d'autres enfants et puis on a un maître génial et aussi des intervenants. Une fois on a même eu la visite du clown Buffo. C'est pour ça que j'ai rien dit à Maïa à propos de son tee-shirt. Pour éviter les questions. Tu comprends ? Je suis en vacances moi aussi. Mais avec toi c'est pas pareil. Tu as le droit de savoir.

Toujours muet, son verre vide et les mains paralysées, Romain se laisse embrasser par Fanny. Ses lèvres tièdes se posent délicatement sur les siennes. Matthieu Chedid chante encore... et Maïa pousse la porte en ayant l'air de n'avoir rien vu.

– Allez mes p'tits loups, c'est l'heure ! Et puis je crois que les frites de la cantine ne vous attendront pas, elles, si vous ne vous dépêchez pas !

– Merci Maïa ! Pour le Coca...

Au réfectoire, les places sont déjà toutes occupées. À chaque table, sa bande, son chef, ses rites. Chacun ira à tour de rôle remplir le broc d'eau ou la corbeille à pain. Camille rappelle à Sophie qu'elle s'est déjà déplacée deux fois hier. Ariel s'impatiente.

Nora, Coline et Juliette guettent la porte d'entrée. Les hôtesses ont déjà servi les crudités et toujours pas d'Anouk à l'horizon.

– Mademoiselle N'en-fait-qu'à-sa-tête manque une fois de plus à l'appel ! signale Jeannie à Stéphane. Cette gosse me rendra folle avant la fin des vacances !

Romain s'est assis en face de Fanny. Il en fait son invitée, sa princesse. Il a déjà oublié ses ecchymoses. Le baiser de sa Belle aura été le remède le plus radical. Rémy les a rejoints, la mine un peu blafarde et une bosse au milieu du front.

– C'est mon troisième œil pour mieux vous voir, s'empresse-t-il de dire aux amoureux.

– Quelqu'un sait-il où est passée Anouk ?

Des rires fusent, des filles gloussent dans le dos de Jeannie. Les garçons étouffent quelques insultes en s'empiffrant de morceaux de pain.

– Elle arrive, je la vois s'empresse Nora, le nez collé à la vitre.

Anouk les toise tous, les uns après les autres, hausse les épaules puis s'assoit entre Ariel et Juliette.

– Ben quoi, vous voulez ma photo ?

Anouk balaie du regard Fanny et ses compères en effleurant de sa natte le visage d'Ariel.

Évidemment, Fanny n'a pas su lire la jalousie qui brûlait les yeux d'Anouk. Des braises véritables bien attisées. Anouk

45

aime Romain depuis son arrivée à la colonie et Romain l'a détestée le premier jour. Sa façon de commander les autres, d'agiter nerveusement ses cheveux en se donnant de grands airs, son besoin de changer de vêtements deux à trois fois par jour pour épater les autres filles. Anouk avait tout de ces Barbie déguisées en présentatrices de télé et que l'on retrouve un jour au fond d'une poubelle, les cheveux grillés et le corps à demi vêtu d'une chaussette percée, transformée en fourreau. Anouk n'en est qu'au stade de la Barbie-Lolita. La pire !

– J'avais juste un peu mal à la tête. Je me reposais sur mon lit...

Jeannie l'aurait croquée comme une de ces frites dorées à point qui l'attendaient dans son assiette.

C'est le genre de phrases qu'elle ne pouvait plus entendre dans la bouche d'Anouk. De ces phrases toutes faites, entendues dans les mauvaises séries américaines rediffusées à longueur de journée à la télé. Anouk nourrit ses rêves avec ces héroïnes-là. On lui parle princesses, aventurières, elle répond stars californiennes, Pamela, Jennifer, Kelly... en battant des cils et en gardant les lèvres entrouvertes. Juste ce qu'il faut pour la photo. Comme la blonde flamboyante en couverture du magazine des programmes télé. Plus tard, Anouk sera star ou rien. C'est pour tout cela que Romain s'est détourné d'elle.

Malgré cela, Anouk n'arrive pas à détacher son regard des longs cils bruns de Romain et elle crève de jalousie de le voir fondre devant la fille de la lingère. Celle, l'unique, sur qui pourtant Romain devrait poser les yeux, c'est toujours, encore Anouk.

5

Quand l'orage a éclaté juste après le déjeuner, les monos ont proposé à tous les groupes de les rejoindre dans la grande salle pour participer à une partie de *Mariage chinois.*

Les filles d'un côté, les garçons de l'autre. Classique !

Chacune et chacun portera secrètement un numéro. Lorsque les monos choisiront un chiffre dans la rangée des garçons, l'un d'entre eux se lèvera et devra deviner celle qui porte le numéro identique au sien. S'il tombe sur la gagnante, ils devront s'embrasser et, en cas d'erreur, le garçon sera giflé. Et *vice versa*...

Pourquoi chinois ? Les monos ne savent pas. C'est un jeu qu'ils ont appris. Et puisque, pour eux et les enfants, jouer demeure essentiel, alors, chinois ou pas...

Pour une fois personne n'est contre. Les garçons trouvent l'idée plutôt à leur avantage. Les filles complotent entre elles, certaines rougissent et d'autres se mettent déjà en avant pour être remar- quées par leurs chéris.

Une panne d'électricité plonge la salle dans la pénombre. L'orage plane au-dessus. Les éclairs fusillent le ciel et les branches de bouleaux courbées se frottent aux feuilles voisines des platanes. À chaque coup de tonnerre, les enfants se laissent porter par les cris. Comme l'autre soir au feu d'artifice. Sauf que là les couleurs sont limitées et qu'à tout instant la foudre menace de s'abattre.

– Je demande le 3, lance Jeannie.

Après une brève hésitation, Rémy (que les autres surnomment déjà « Cyclope ») s'affale devant Camille qui piaffe de joie en lui claquant sa main sur la joue.

– Moins fortes, les claques ! soupire Stéphane. Ce n'est pas un règlement de comptes. On s'a.m.u.s.e !

51

– Je demande le 12 !

Le tonnerre gronde, la lumière vacille, résiste. Les garçons sifflent, les filles bavardent dans leur gilet. Enfin, l'unique, l'Anouk de toutes les Anouk, se lève, balance sa natte vers l'arrière. Elle marche en canard comme les danseuses. Elle avait vu un reportage à la télé sur les petits rats de l'Opéra de Paris. Alors, pour faire plus vrai, elle les imite. Elle a son public. Après quelques pas étudiés, elle se présente inévitablement à Romain avec la grâce d'une reine et... wouhaaaa... c'est le bon !

Sous la houle des railleries, Romain pose ses lèvres sur les joues en feu de la diva. À présent écartés du jeu, ils sont invités par Jeannie à s'asseoir à ses côtés. Anouk est envoûtée par le regard brun de

Romain. Elle en oublie sa natte qui traîne sur son épaule et même l'ourlet de sa jupe qui menace de céder après qu'elle s'est pris les pieds dedans en embrassant celui qu'elle aime.

Entre le bruit de l'eau qui s'écrase sur les tuiles et les grondements du tonnerre déjà plus sourds, la petite voix de Fanny essaie alors de forcer l'oreille de Stéphane et Jeannie.

– Je dois y aller maintenant !

– Mais ma chérie, il pleut, tu n'y penses pas !

– Je suis fatiguée, maman va s'inquiéter. Ce n'est pas loin.

Fanny se surprend à affronter la parole des adultes. Jusque-là, elle n'avait jamais su dire non. Non aux traitements, à la solitude de sa chambre d'hôpital, à certains mensonges qu'elle devinait parfois dans la bouche des infirmières.

– Je veux rentrer chez moi.

Elle a mal d'avoir à contrer les monos qu'elle aime tant, de devoir partir comme une voleuse. La mousse au chocolat était si bonne et les frites si belles et si croquantes entre les dents de Romain. Justement. Les lèvres de Romain. Fallait pas. Fallait surtout pas qu'elles se posent ailleurs. Même pour un jeu. C'est plus fort qu'elle, elle ne peut pas. Elle se repasse l'image en mouvement du visage d'Anouk si proche de celui de Romain. Tellement proche. Comme elle ce matin à l'infirmerie. Le sucre du Coca entre leurs lèvres.

« Je veux rentrer, pense encore Fanny. Maman a toujours les mots qu'il faut pour aider à dépasser la douleur. Toutes les douleurs. Et même celles qui torturent le cœur. »

Stéphane appelle le directeur de la colonie avec son talkie-walkie. Lui seul prendra la décision de laisser partir Fanny malgré la pluie.

Romain ne comprend pas. Tout va trop vite. D'abord il lève un bras pour retenir Fanny qui ne le voit pas. Ne veut plus le voir. Pas maintenant. Trop tôt. Trop près du visage d'Anouk. Ensuite il lui crie : « Att... » Mais elle n'a pas eu le temps d'entendre ni d'attendre.

Le directeur de la colonie enferme la main de Fanny dans la sienne. Tous les enfants lui crient : « Au revoir Fanny ! » Sauf Anouk. Le torse bombé. La natte bien dans l'axe de la colonne vertébrale. La nuque raide et le regard planté dans celui de Romain.

L'air de lui dire : « C'est trop tard, tu es à moi, à MOI ! » Le hasard du jeu a fait d'elle une araignée qui a pu tisser sa toile et emprisonner le joli « criquet ».

Déjà le directeur et Fanny atteignent l'abri où la bicyclette est rangée depuis ce matin. Des flaques d'eau gênent l'entrée et des feuilles arrachées aux arbres sont plaquées sur le grillage de la clôture de la colo.

– Je vais charger ton vélo dans ma camionnette. J'en ai pour quelques minutes. Je vais te raccompagner. Attends-moi ici !

Fanny observe au loin les buissons et le chemin où Rémy et Romain se sont télescopés. Et puis elle n'ose plus regarder la fenêtre de l'infirmerie derrière laquelle elle a écouté le chanteur susurrer « Aime » à sa place...

Dans l'abri, le directeur n'en croit pas ses yeux. Il vérifie une seconde fois les pneus. Il y a bien un clou là tout près des roues crevées de la bicyclette de Fanny. Une suée lui barre le front. Il ne sait pas nommer ce qu'il voit. Méchanceté, inconscience, lâcheté ?

Il dépose une bâche sur le vélo, referme la porte et donne deux tours de clé.

Fanny est toujours là. La tête dans les nuages et le cœur au bord des larmes, mais l'homme ne doit pas savoir. Elle est fatiguée. C'est ce qu'elle a dit aux monos.

– J'ai réfléchi ma puce. Je vais te reconduire directement. Je déposerai ta bicyclette ce soir en allant acheter des journaux.

Fanny n'ose pas contredire le directeur. Tout à l'heure, sa main large et réconfortante l'a aidée à s'envoler loin du baiser des deux autres.

Fanny se laisse encore guider à travers le village jusqu'à l'église près de laquelle sa mère la lingère connaît tous les mots qui guérissent et tous les gestes qui blanchissent les draps de la colo, ceux d'Anouk et des autres...

Dès son retour, le directeur s'est muni de rustines et de colle. S'est armé de patience. Dans la plus grande discrétion, il répare les deux roues sauvagement crevées par une main diabolique. C'est tellement moche qu'il ne voudrait même pas savoir mais il a bien sa petite idée. Qui donc était en retard à midi au réfectoire ?

Fanny ne saura jamais. Ne doit pas savoir ce qu'être méchant veut dire. Même chez les enfants. Surtout chez les enfants. Pourtant, elle sait déjà qu'aimer ça fait aussi mal qu'une vraie gifle. Quand les choses vont de travers.

Non, pour le vélo elle ne saura jamais rien.

Le directeur n'en voit qu'une. Aussi maligne, aussi futée.

Juste avant le dîner, le directeur a proposé à Anouk de l'accompagner jusqu'à l'abri. Anouk a d'abord refusé, prétextant un terrible mal de tête.

– Tu préfères peut-être que je punisse tout le monde pour savoir qui aujourd'hui a fait quelque chose d'affreusement lâche ? Une chose abominable...

Anouk, tête basse, a soudain oublié sa migraine. Lorsque, sous l'abri, le directeur a dégagé la bicyclette de sous la bâche, Anouk est devenue écarlate. Rongée par les remords, elle a fini par s'excuser, secouée par les larmes. Mais les larmes de crocodile n'ont pas atteint le directeur.

– Pour la peine, tu n'iras dîner qu'après avoir fait briller tous les chromes de cette bicyclette. Rayon par rayon ! Histoire de t'aider à réfléchir...

Derrière les stores du dortoir, les premiers rayons de soleil cherchent à entrevoir le sommeil des plus paresseux. L'orage de la veille a écarté les nuages. Les champs blondissent à nouveau les alentours. Dès l'aube, le gardien a découvert la piscine.

Il mesure la température de l'eau avant d'analyser le pourcentage de chlore. Il sait qu'à dix heures au plus tard le bleu de la piscine devra être identique à celui du ciel. À quelques nuances près.

Un premier groupe encadré par Stéphane et d'autres monos transformera l'eau dormante en un carnaval nautique avec les matelas pneumatiques à têtes de dinosaures et les ballons gonflés à bloc.

Stéphane piégera certains nageurs à l'intérieur des cerceaux qu'il lancera à tour de bras alors que d'autres monos passeront leur temps à essuyer les bouderies de l'une, les caprices de l'autre...

Dans leur chambre, Siméon s'étire et bâille à voix haute, Renaud écarte ses draps du bout des pieds et Denis se gratte la tête. Ses joues portent encore l'empreinte des plis de l'oreiller. Aurèle dort encore. La bouche grande ouverte et les bras à la verticale contre la tête du lit. Soupirs, grognements, grincements de dents et de sommiers. Humeurs passables. Un pied dans le sommeil et l'autre sous la douche. Quoique pour la douche il faille vraiment attendre… encore un peu !

Derrière les fenêtres, les platanes abritent une colonie d'oiseaux.

Denis pose un pied hors du lit, c'est alors qu'un hurlement, pas un cri, non, un hurlement s'échappe de l'une des chambres des filles, à l'autre bout du couloir. Même les oiseaux ont dû quitter leurs branches, le gardien aura peut-être même glissé de peur dans la piscine et les monos seront restés scotchés le nez dans leur café... Depuis Tarzan dans la jungle, personne n'a dû pouvoir atteindre cette voix-là au réveil. Aurèle n'a pas résisté. Il a claqué du bec et enfoui ses bras sous le drap.

Les yeux en forme de trou de serrure, Aurèle ne sait plus s'il est en train de faire pipi au lit ou s'il doit se précipiter aux toilettes...

– Ça, c'est sûrement Anouk ! chuchote Siméon.

– Elle aura cauchemardé. Elle se sera prise pour Elysa qui aurait perdu sa voix juste en arrivant sur scène... pour la fête des parents, suppose Renaud.

Des portes claquent. Des filles poussent des cris outragés, d'autres ricanent en s'esquivant. Arrivent alors l'écho de pleurs, puis des râles très profonds, de ceux qui secouent tout le corps et tordent un visage congestionné tellement on manque d'air et on cherche à épuiser toutes les réserves de larmes d'un seul coup. Le grand jeu. Tellement c'est trop dur ce qui lui arrive. Tellement on n'aurait jamais pu penser que cela puisse nous arriver. À nous. Ben oui, c'est arrivé. À elle. Ce matin. Juste la veille du grand jour.

D'abord, lorsqu'elle s'est réveillée... très doucement. Oui, ce sont à peu près ça les étapes du réveil d'Anouk. Tout en chichis. La princesse tout engourdie dans les draps encore tièdes de son sommeil. Le doux penchant de son visage, vers la gauche puis tendrement vers la droite de l'oreiller. Et enfin, avec ce geste si naturel qui n'appartient qu'à elle, elle dégage sa natte d'entre tous les plis d'étoffe. Comme s'il s'agissait d'une sorte de petit animal greffé au bas de sa nuque et qui se nourrirait de sa moelle.

Ce matin, elle a beau chercher partout sous l'oreiller, entre la couverture et le drap, et tout autour de sa tête, sur chacune de ses épaules et même... sous ses fesses ! Rien ! Pas de natte, plus de natte, envolée la natte !

Sorcellerie, damnation et crotte de bique, la natte ne rampe plus nulle part et Anouk a déjà le sentiment d'avoir un trou béant, énorme à la place de sa tresse d'or.

C'est l'éruption de l'Etna. Ça va faire mal ! Un vrai cratère en action autour de la natte manquante...

Il y a d'abord eu un grand silence. De ces silences pesants comme lorsqu'une tornade menace de ratisser toute une région, quand les oiseaux se taisent et que le ciel vire aux couleurs plus propices à certains films fantastiques. Et juste après, elle a hurlé.

Hurlé comme on sait. Comme seule Anouk est capable de le faire.

Nora, encore plongée dans son sommeil, avait enfoui son minois couleur café au lait sous l'oreiller sans savoir ni où ni comment elle allait être mangée toute crue ! Juliette était tombée littéralement de son lit et s'était retrouvée le nez sur le tapis. Quant à Coline, les yeux à peine ouverts, elle avait bondi pour se réfugier derrière les rideaux sans savoir vraiment de quoi ni de qui elle cherchait à se protéger.

C'est Maïa la première qui s'est approchée d'Anouk. Sans la crainte d'être mordue. C'était bien la seule. Puis elle a enfermé le visage d'Anouk entre ses mains. Ensuite Jeannie est accourue, seulement vêtue d'un long tee-shirt, suivie de Stéphane, dans la même tenue.

Chacun est obligé de constater que la natte d'Anouk a bien été coupée dans la nuit. Lâchement, radicalement sectionnée. Désormais Anouk se bat avec des épis de toutes les longueurs. Le genre punk que n'apprécierait pas Élysa. C'est demain la fête des parents. Le spectacle est fichu. Danser sans sa natte n'a jamais effleuré l'esprit d'Anouk.

C'est comme jouer au foot sans ballon ou faire du saut à l'élastique sans élastique. Sa natte c'est sa colonne vertébrale.

Enfin, sa seconde. Celle qui lui permet de ressembler à Elysa.

D'abord, elle n'a pas quitté sa chambre de toute la matinée. Jeannie a essayé de la coiffer, du moins d'égaliser les mèches rebelles. Elle lui a même maquillé les yeux et mis du rose pâle sur les lèvres. Mais Anouk n'a rien voulu savoir. C'est sa natte qu'elle veut !

– Quelqu'un t'a joué une sale blague, voilà tout. Ça repoussera vite, tu verras... Ça te servirait à quoi de retrouver ta natte ? Il nous serait impossible de te la fixer à nouveau.

Le cratère d'Anouk se réveille, les larmes redoublent et entraînent le maquillage comme des coulées de charbon le long des joues.

– Nous punirons le ou la coupable. Stéphane et moi ne tarderons pas à trouver une piste.

En attendant, tu dois manger pour pouvoir danser...

Anouk n'a retenu que le mot « piste ». Elle n'a pas besoin des services de Jeannie et Stéphane. Elle seule mènera son enquête. Et pour commencer, elle portera un bandana. Comme Fanny. Y a pas vraiment le choix. Mais le sien sera blanc. Neutre. C'est Maïa qui le lui prête. Elle lui avait promis lorsqu'elle lui avait caressé le visage.

Assise à l'ombre du tilleul, à l'écart des autres, Anouk aligne sur un carnet la liste des suspects.

Son bandana blanc contraste avec le feuillage des massifs. Elle se détache comme un vilain petit nuage qui annoncerait la pluie ou la tempête. Son crayon n'hésite pas. Sa main souligne, pointe certains noms, ne rature jamais.

Celles et ceux dont le nom figure sur son carnet ont sans doute déjà des reproches à lui faire. Un mot de trop. Un geste déplacé. Cela suffit. Une jalousie quelconque. Bref ! Alors, pourquoi l'un ou l'une de ces fripouilles ne serait-il pas l'assassin de sa natte ? Oui, ça va faire mal !

De rage, Anouk croque une barre de céréales et balaie du regard l'horizon jusqu'à la piscine, comme pour repérer celui ou celle qui tombera le premier dans sa toile d'araignée. Un « criquet » ? Une « criquette » ? Et pourquoi pas un « mille-pattes » ?

En tête de liste, elle a pensé à Juliette. Sa mère tient un salon de coiffure. Juliette a grandi pour ainsi dire dans un bac à shampoing. Elle pourrait être la fille d'un sèche-cheveux et d'une paire de ciseaux. Évidemment, Juliette veut devenir coiffeuse comme sa mère.

Alors, elle s'entraîne sur tout ce qui se coiffe, se tresse et se frise.

Juliette s'est-elle quelquefois privée de coiffer, recoiffer, décoiffer la princesse Anouk ? Combien de fois l'a-t-elle tressée, cette fameuse natte, depuis leur arrivée aux « Lucioles » ?

Trop triste à l'approche des derniers jours de vacances, elle n'aurait peut-être pas hésité à voler les fameux cheveux d'or pour s'entraîner davantage encore. Entre son fer à friser électrique et sa ribambelle de bigoudis, elle aurait casé la natte bien au chaud. Au fond de son sac de voyage.

Anouk s'avoue plutôt satisfaite de cette première hypothèse. La nuit prochaine elle vérifiera le contenu du sac pour en avoir le cœur net.

Et Coline ? Si c'était Coline ?

Le problème de Coline, c'est qu'elle est coiffée comme une botte de foin. Couronnée d'épis. Son rêve, c'est de devenir danseuse à l'Opéra de Paris. Alors, va pour le tutu, les jambes d'allumettes, les fesses à peine rondes et les épaules bien balancées, mais alors la coiffure ! Raté pour le petit chignon collé juste au bas de la nuque. Juste des épis et pas moyen de les aplatir sous une résille pour danser *Coppélia* ou le *Lac des cygnes*. Chapeau, l'étoile !

Anouk bougonne dans son coin, toujours à l'abri du tilleul. À force d'envisager, elle dévisage chacune de ses éventuelles traîtresses. Sous son bandana, la transpiration colle ses mèches écrasées et encourage sa mauvaise humeur.

75

Et Nora ?

Nora a de la malice plein les yeux et des cheveux de laine ornés de perles et de rubans jaunes. Nora aussi rêve de danser. Mais pas comme Coline. Autrement. Il faut que ça swingue sur du jazz. La danse de Nora, elle vient d'ailleurs. Des feux de la brousse et des rites anciens. Nora, elle a des ressorts dans les genoux et des pétards sous les pieds. Et quand Anouk lui a proposé la chorégraphie, elle est devenue verte de confusion. Enfin presque...

Elle irradiait de partout. Mais l'autre rêve de Nora est de devenir blonde. Mais une vraie blonde comme Anouk.

Alors, quand elle a eu l'occasion de toucher les cheveux soyeux d'Anouk parfumés au chèvrefeuille, elle n'a probablement plus cessé de les caresser une à deux fois par jour depuis le début des vacances. Au départ, Anouk s'en amusait. Aujourd'hui, elle maudit déjà celle qui peut-être lui a volé sa natte.

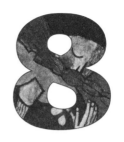

– Tu ne répètes pas ce matin ?

Elle est arrivée derrière le tilleul. Avec son bandana violet et sa salopette en jean. Mais ce sont ses sandales qu'Anouk a observées en premier. Un croisement de lanières roses rehaussées d'une petite boucle. Anouk s'empresse de refermer son carnet avant de croiser le regard de Fanny.

– Ah, c'est toi !

– Je peux m'asseoir ?

– Si tu y tiens...

Anouk ne cesse à présent de fixer le bandana de Fanny. Fanny ne s'en offense pas. Elle a l'habitude. Alors elle le dénoue et le retire.

Mais ce n'est pas son crâne chauve qu'Anouk détaille en priorité. Seul le regard bleu, immensément bleu de Fanny la captive. Elles sont là, au milieu du parc, au cœur de l'été, à quelques mètres des autres, et pourtant...

– L'idée du bandana, c'est de toi, Anouk ?

– Non, c'est Maïa. C'est tout ce qu'elle

a trouvé pour éviter qu'on se mo... enfin, qu'on m'embête.

– Je comprends. Que s'est-il passé ?

Anouk sent le cratère de sa nuque se réveiller. La colère et la peine. Des larmes lui encombrent les cils. Trop tard, ça coule. Juste assez pour glisser sur ses mots et s'oublier dans son souffle. Elle passe les détails et confie à Fanny les débuts de son enquête.

– Et toi ? Qui t'a pris tes cheveux ?

– Un traitement pour guérir plus vite. L'année prochaine, j'aurai peut-être une natte... Pardonne-moi. Je voulais dire que...

– Te fatigue pas. T'as sans doute raison, Fanny. J'savais pas pour ta maladie. Si... enfin je... Bon, on doit se battre de toute façon. Tu veux m'aider pour mon enquête ?

– Tu sais, j'sais pas quoi dire. Je connais presque personne ici. Mais pour t'encourager à redanser, tu peux compter sur moi !

Anouk est partagée entre la rage de vouloir faire une tête au carré au fameux fantôme qui l'a punie et sa volonté de remonter sur le podium.

– Dis Fanny, tu l'aimes toujours, Romain ?

Fanny renoue son bandana et détourne son regard vers la piscine. La question l'oppresse, son cœur s'agite, elle n'aime pas les questions. Pas celle-ci.

– À demain Anouk. Tu devras danser pour la fête des parents ! Je serai là une heure avant !

Romain traverse l'allée qui s'ouvre sur l'écurie des poneys. Entre le bandana violet et le blanc il n'a rien vu. Trop concentré sur sa chasse au trésor. Stéphane lui a mis la pression. Le jeu de piste est programmé cet après-midi. Romain a son plan. Reste à finaliser certains petits détails... Trouver une boîte pour y loger le trésor, par exemple !

Assise à présent sous le préau, Anouk caresse la couverture de son carnet tout en lorgnant de biais le podium vide. Elle crève d'envie de s'agiter sur la chanson d'Elysa et s'interroge encore sur la trahison possible des autres danseuses. Elle promène son stylo dans la marge, décidée malgré tout à trouver d'autres pistes avant de regagner le podium.

Elle réserve à Ariel la position de quatrième suspect. La passion d'Ariel pour les serpents est un indice bien maigre mais... il aime tout ce qui rampe. Du lézard au crocodile. D'ailleurs, lui-même a tout d'une larve lorsqu'on l'invite à jouer.

Il doit connaître par cœur les vidéos sur la vie quotidienne des reptiles en Amazonie tellement il plane avant de bouger la tête et de comprendre le sens des mots. Seulement, dès que quelque chose rampe autour de lui, il oublie tout le reste.

Tout ce qui rampe... C'est bien là ce qui inquiète Anouk. Et si Ariel était somnambule, au point de confondre en pleine nuit une tresse de cheveux avec un serpent ?

Anouk en saura davantage en fouillant également les bagages d'Ariel la nuit prochaine...

Dans la série « On ne t'a pas oubliée... » Anouk fait l'inventaire des actes pas très jolis-jolis dont elle a été l'auteur. Elle commence à ronger sérieusement son stylo. Elle pense à Dario. Le jour de la randonnée, Anouk n'a pas apprécié qu'il la double sur le sentier. C'était elle le chef de file. Elle aurait tout fait pour le rester. Seulement Dario, lui, déteste être mené à la baguette par une fille. Qui plus est, par Anouk ! C'est au-dessus de ses forces.

Alors il l'a dépassée en deux temps trois mouvements. Et sans même réaliser, instinctivement, programmée comme un robot, Anouk l'a précipité dans les orties. Il faisait peine à voir. Ça le démangeait de partout. Mais vraiment partout. La princesse Anouk a pu réintégrer sa place de chef de file et les boutons rouge pivoine de Dario étaient absolument le cadet de ses soucis. Et ça, Dario, il ne lui a pas pardonné.

– Toi, je te garde un chien de ma chienne, il lui a dit avec la salive aux coins des lèvres.

Elle n'a rien compris à l'expression. De toute façon, les chiens elle n'aime pas. Ils font des saletés et puis ils rongent tout.

– Ton chiot, Dario, tu te le gardes, elle lui a répondu du tac au tac.

Il va sans dire que, cette fois, Anouk

fut accusée de ne posséder qu'un petit pois dans la tête...

Anouk imagine tout à fait Dario en pleine nuit, à la tête de son lit, muni d'un sécateur à rosiers et crrrrk ! Plus de natte sur l'oreiller. Elle en a des frissons et tourne la page...

Sans savoir pourquoi, sa main se laisse guider sur le papier.

Elle a soudain envie de voir en belles lettres le prénom de son amoureux secret. Mais c'est impossible... par sur cette liste ! Alors elle l'a écrit puis a rayé ce qu'elle avait ajouté :

– Romain. Rien à dire. Je l'aime.

Justement, elle allait oublier Sofiane. Le plus pénible de chez les pénibles, comme aime à le répéter Jeannie pendant le bain à la piscine. Il est toujours tout excité. Un vrai dragueur de nanas ! Avec ses lunettes de soleil et son bermuda aux couleurs de camouflage militaire, il se croit irrésistible. Pour épater, il danse le rap et tourne sur la tête. Ça oui, il a la tête qui tourne. Plutôt deux fois qu'une. Avec la natte d'Anouk qu'il s'est prise dans la figure, des étoiles il en a vu, Sofiane ! Ce fameux jour où il a croisé Anouk sous le préau pour lui soulever la jupe tout en cherchant à l'embrasser sur la bouche. C'est lui qui s'en est vanté.

La joue de Sofiane a conservé l'empreinte des cinq doigts d'Anouk une bonne heure. Elle ne l'avait pas loupé. Et pour le prix, Sofiane n'a jamais pu connaître la couleur de la culotte ni les lèvres de la princesse à la natte.

Total, maintenant Sofiane voit rouge et il la menace de son poing une fois par jour.

À défaut de son poing dans la figure, Anouk l'imaginerait bien la nuit dernière avec un poignard pour la scalper. Style Indien très fâché.

Du coup elle se retourne pour voir s'il n'est pas encore là. Derrière elle. Prêt à bondir.

Camille aussi doit avoir des comptes à lui rendre. Là encore, Anouk se mord les lèvres tout en laissant glisser un regard sur son ventre. Ben oui, elle aime les desserts. Et lorsqu'elle a volé deux fois la part de Camille à la cantine, c'est qu'elle en avait réellement besoin. Camille, pas vraiment. Elle souffre d'embonpoint, la pauvre Camille. N'était-ce pas lui rendre service ? Cependant, c'est vrai, elle a pleuré. Mais devant la génoise au chocolat et la tarte aux fraises, Anouk n'a rien voulu savoir des larmes de Camille. Depuis, Camille regarde Anouk comme si ses yeux allaient l'atteindre d'une balle en plein ventre.

Juste pour avoir le plaisir d'observer le ventre ouvert comme un réfrigérateur avec au premier plan, sa part de génoise et celle de tarte aux fraises. Beurk ! Anouk se fait des films, elle délire toute seule. Elle se caresse le ventre, discrètement pour ne pas être vue. Ici il y a des yeux partout. Désormais, elle devra se méfier de tous.

« Si ça se trouve, Camille, elle me l'aurait tranchée d'un coup d'un seul, ma natte, pense Anouk. Ensuite elle l'aurait beurrée, farinée, vernie au jaune d'œuf et passée au four ! Juste pour la dévorer comme une baguette ! Sait-on jamais ! »

Le cas d'Aurèle inquiète aussi Anouk. Pas banal non plus, cet Aurèle ! Lorsqu'un jour, en plein milieu du repas, il lui a confié qu'il scalpait toutes les poupées de sa sœur pour faire des... algues dans l'aquarium des poissons rouges, Anouk a avalé de travers.

– Ben oui, les poissons aiment se cacher dedans. Et puis ça ressemble un peu à des méduses. On dirait aussi des scalps de sirènes, tu vois... D'accord, ma sœur n'a plus que des poupées au look techno.

Plutôt décalées avec les Barbie haute couture, mais bon ! Du coup, ma sœur oublie souvent sa souris blanche dans ma réserve de biscuits sous mon lit. C'est sa vengeance. Mais je préfère encore donner à mes poissons le scalp de ses poupées, c'est plus délirant.

Aurèle semble sortir tout droit de la famille Addams. Il en a la couleur de cheveux et le teint aussi blême.

Décidément, aux « Lucioles », Anouk a bien du souci à se faire et il semblerait que tel est pris qui croyait prendre...

Anouk fouillera également le casier et les bagages d'Aurèle. Qui sait ? Peut-être que la natte servira de marque-page dans un volume de l'*Encyclopédie d'aquariophilie ?*

À Siméon et Renaud, Anouk leur accorde une place d'*ex aequo* sur la liste des coupeurs de tête. Pardon ! de cheveux. Anouk les tient au chantage et ça ils ne le supportent plus. L'épée de Damoclès qui pèse au-dessus d'eux finit par les agacer et, à défaut d'être décoiffés à leur tour, ils aimeraient bien être libres !

C'était juste après le déjeuner. Tous les groupes avaient quitté la cantine. Les dames de service balayaient la cuisine et les monos avaient organisé un match de handball dans le parc. Peu encline à se joindre aux autres, Anouk s'était éclipsée pour aller... se refaire une beauté dans les sanitaires. Alertée par des chuchotements, Anouk avait fait patte de velours et s'était retrouvée nez à nez (ou presque) avec Siméon et Renaud occupés à faire pipi dans le lavabo et à faire des zigzags sur les carreaux de faïence. L'apparition d'Anouk à proximité des lavabos les avait figés. L'auréole qui très vite s'était étendue dans leur short avait trahi leur panique.

« Je vous dénoncerai aux monos ! »

C'est la fameuse épée de Damoclès qui se balance depuis au bout d'un fil. Transparente mais toujours aussi efficace. Virtuelle ! Mais Siméon et Renaud, ne voulant plus passer le reste de leurs vacances sous la menace d'Anouk, seraient-ils allés la décrocher la drôle d'épée avec une honnête paire de ciseaux, pour faire payer sa frime à la *princesse des mots fourchus ?*

Les autres groupes n'ont aucune raison de figurer dans ce carnet. Pourquoi

auraient-ils amputé Anouk de sa natte ?
Elle leur a à peine parlé. Quant à leur
sourire, c'est encore moins probable.

Reste à resserrer les mailles de sa toile
autour de cette liste.

Dans sa chambre, Fanny a étalé toutes ses économies. Entre son oreiller et le vieil ours en peluche adossé à la tête du lit. Le billet avec un seul zéro et quelques pièces ne suffiront décidément pas à l'achat du cadeau envisagé pour Anouk.

Fanny n'a pas supporté que l'on touche aux cheveux de sa danseuse.

C'est en passant devant la vitrine de Babeth'Club qu'elle l'a vu sur un cintre. Tout rose évidemment. Avec des paillettes incrustées. Le tee-shirt avec le visage imprimé d'Elysa. Du sur-mesure pour Anouk. Seulement, il est bien trop cher.

Et ce n'est pas avec le peu d'argent qu'elle gagne en lavant le linge des autres que sa mère pourrait l'aider.

Fanny fait alors l'inventaire des derniers cadeaux reçus à l'hôpital. « Je suis bien trop gâtée, songe-t-elle. Et puis je manque de place. Mes placards sont étroits. Surtout là-bas. Ce coffret à bijoux par exemple est bien inutile et puis cette lampe de chevet arc-en-ciel. » Elle en a déjà trois. Elle passe en revue la plupart des romans lus deux fois, s'attarde sur les bandes dessinées. Certaines adorées, d'autres moins. Elle écarte le diadème de princesse acheté à Eurodisney et puis le bracelet de perles bleues qu'elle portait le jour de son entrée à l'hôpital. « Pas terrible, le souvenir », dit-elle à voix haute. Restent les boîtes de jeux, les cassettes vidéo, la collection de photos d'artistes dédicacées, mais elle n'a pas Elysa.

– Ma chérie, tu aurais dû attendre que ta fièvre baisse avant de te lever... Que cherches-tu ?

La maman de Fanny traverse la chambre et pose sa main sur le front de l'enfant.

En rentrant des « Lucioles », Fanny avait épuisé ses forces. La fièvre l'avait couchée. La natte d'Anouk avait hanté ses cauchemars et chaque fois c'était avec Romain que Fanny franchissait d'autres étapes du sommeil. Une image en chassait une autre.

D'ici demain, Fanny aura sûrement de quoi redonner le sourire à Anouk.

Ce soir elle écrira à Gilou et Tania. Eux n'ont pas pu sortir de l'hôpital pour les vacances. Elle leur racontera tout sur la colo.

– À présent, ma chérie, tu dois te reposer.

Sa mère descend l'escalier. Elle a laissé dans la chambre un peu du parfum de lavande qui imprègne ses vêtements.

11

Autour de leurs épouvan-
tails les « criquets » s'affo-
lent. Ça piaffe, ça ronchonne
avant de s'extasier, les mains
dans les poches, sifflements
aux lèvres et les yeux ronds
comme des calots. Il faut dire
que le clown de Sophie a fière
allure avec ses cheveux de

poupée de maïs, sa tête en papier journal froissé et ses guenilles fleuries bourrées de paille.

Le gendarme de Clara n'a de gendarme que le képi. Fabrication maison. Forcément. Elle a récupéré aux cuisines la boîte à conserve géante sur laquelle on pouvait encore lire (avant nettoyage) *Paella.* La visière fabriquée avec le couvercle domine la tête creusée dans une écorce. Sévère, ridée. Affreusement inquiétante. Pour l'uniforme, elle n'arrive pas à se décider. Les vieux tissus imprimés offerts par la lingère, les morceaux de draps roses ou les serviettes jaunes ne lui inspirent rien pouvant donner l'apparence d'un gendarme. Tout bleu. Patience donc !

Ah ! la sorcière de Camille. Elle a tout pour refouler les oiseaux des vergers. Il faut dire qu'avec sa robe en serpillière déchirée, son chapeau taillé dans un sac en toile de jute et son visage composé de cinq pommes de terre boutonneuses réunies par un fil de fer, elle n'inspire aucune confiance.

Cerise sur le gâteau, le bon vieux balai emprunté au gardien porte à son extrémité un bouquet d'orties fraîchement coupées...

Sorelle a bien du mal à réunir des éléments convaincants pour donner l'impression que son extraterrestre est réellement descendu de la planète Mars ou Jupiter. Elle s'est débrouillée pour assembler des bouteilles en plastique traversées par de la ficelle. Après avoir réussi à fabriquer une sorte de pieuvre, elle a hissé le monstre, aidée par Stéphane, sur un piquet de bois. Elle a fixé deux capsules de bouteilles rouges pour les yeux.

Aurèle, Renaud et Siméon ont préféré s'associer pour se distinguer des filles. Bien sûr ! ils voulaient faire « original ». Eh bien, c'est plutôt réussi !...

Ils ont tressé une natte géante à l'aide de draps usés et l'ont ensuite suspendue au vieux noyer de la colo.

Si leur talent n'a pas été apprécié par certains, Jeannie, Stéphane et le groupe des « criquets » étaient tordus de rire. Mais les garçons ont été classés hors concours... Pourquoi ? Devinez !

12

Romain longe le parc de la colo accompagné de l'un des monos. Stéphane et Jeannie étaient déjà bien accaparés par les « criquets ». Romain est allé baliser le jeu de piste. Comme le Petit Poucet, il a semé des indices un peu partout. Des enveloppes de couleur sont fixées à un carré d'étoffe blanc. Elles enferment des charades. Le premier message est mis en évidence près de la fontaine, sur la tête du lion. Le suivant est piqué sur l'un des barreaux qui cernent le monument aux morts, lequel renvoie à un autre dans le confessionnal de l'église. Autant de lieux et de surprises...

Il est aussi demandé aux participants de se renseigner auprès de la boulangère qui détiendra un des éléments importants. Certains croiront déjà pouvoir trouver le trésor dans les vitrines de la confiserie mais seront déçus. Point de sucettes au caramel, de nounours au chocolat fourrés à la guimauve ou de sachets de fraises... Juste un mot et le sourire de la boulangère en prime ! Rien d'autre.

Il leur faudra faire un détour par la caserne des pompiers pour compter le nombre de casques disponibles et entrer au bureau de poste pour connaître le prénom de la guichetière. Ils devront aussi se munir d'une gerbe de blé composée de sept tiges , arroser les géraniums des massifs de la gare et faire trois fois le tour de la place du village en chantant : « On est les champions ! »

C'est à peu près tout ce que Romain et le mono ont inventé pour dynamiser la chasse au trésor.

Quant au trésor... « Mystère et boule de pain ! » aurait dit la boulangère.

Romain a glissé son secret dans la niche d'un mur à l'intérieur de l'ancien lavoir municipal. Tout près de la colo. Le mono n'en connaît pas le contenu. Romain a réussi à maintenir le mystère.

À quinze heures, les groupes sont formés autour de Stéphane, Jeannie et deux autres monos. Les « criquets », les « mille-pattes », les « libellules » et les « moustiques » piétinent d'impatience. Les « moucherons » sont déjà partis en excursion au lac de Mélusine.

Et Romain conserve les mains dans ses poches. En simple observateur, juste un peu nerveux. Sur la place de l'église, les groupes se séparent. Romain jette un coup d'œil pour deviner où Fanny pourrait habiter avec sa mère. Elle lui avait dit « vers l'église ».

Seulement, vers l'église il y a une maison aux volets bleus, une plus grande avec des persiennes blanches, cette autre entourée de buis et puis celle-là au crépi rose avec des fenêtres ouvertes. Rien de tout cela ne ressemble à Fanny. Et si elle lui avait tout simplement menti ? Et si sa maison n'était qu'une simple caravane parquée au milieu d'un champ comme celles des Tziganes ?

– Romain, tu rêves ?

112

Stéphane lui passe la main dans les cheveux. Il a toujours détesté ce geste des adultes sur sa tête. Chaque groupe guette l'unique indication de Romain avant le départ : « Il est le roi des animaux. Vous retrouverez ce qu'il crache à proximité du trésor... »

Certains demeurent bouche bée. D'autres ont déjà dépassé la place du village. Romain traîne un peu les pieds.

Pendant ce temps, à la colo, Juliette, Coline et Nora ont investi le podium sous le préau. Avec ou sans Anouk, elles ont décidé de répéter. Il leur aura fallu insister pour arracher Ariel à sa Game Boy. Sans Anouk, Ariel ne connaît plus la musique. Et Anouk, elle, boude au bord de la piscine, son carnet à la main et son bandana sur la tête. Ce soir, elle saura peut-être enfin lequel enferme sa natte dans ses bagages.

La voix d'Elysa lui arrive depuis le préau. Et pourtant c'est à Fanny qu'elle pense. Au temps qu'elle devra attendre avant de pouvoir elle aussi agiter ses cheveux et abandonner son bandana.

...bandonner-bandana... Anouk s'amuse du jeu de mots. Rire lui manque. Hurler lui manque. Si seulement Romain pouvait... Enfin, s'il savait comme...

Pour le jeu de piste, les petits groupes, flanqués de casquettes à visière couvrant la nuque, les yeux dissimulés derrière des fausses lunettes de star, arpentent le village.

Lorsque certains ont dû chanter en tournant trois fois sur la place, les joueurs de boules ont stoppé leur partie.

– Ben mon gars, les gamins sont tombés sur la tête !

La boulangère a fini par offrir à chacun un Carambar. La postière arrivait à ne plus savoir comment elle s'appelait. Les pompiers en ont profité pour astiquer leurs casques. Pour une fois, l'église n'a pas désempli.

– Où en êtes-vous, les « moustiques » ?

Stéphane leur emboîte le pas. Jeannie et les « mille-pattes » ne vont plus tarder.

– C'est là, c'est sûr, on y est !

Le teint rouge, le tee-shirt en loques noué autour de la taille, les chasseurs en tête poussent la porte du lavoir...

115

– Génial ! C'est aussi de l'eau. Comme dans la gueule du lion...

– Où est passé Romain ?

Romain s'est éclipsé, toujours les mains dans les poches et les sandales à la traîne, derrière le lavoir. Là où se prolonge l'écoulement des eaux dans l'étang voisin.

– On a trouvé, hé les autres, venez là !

Avec quelques secondes de décalage, l'écho du lavoir répercute alors les voix jusqu'au-dehors.

Romain entend des « Hoooo! c'est pas vrai ! Pas ça ! Pouhaaa ! Dégueu le trésor ! Tout ça pour ça ! »

Romain se bouche les oreilles et court à travers champs en s'égratignant les mollets. Il va. Ne sait pas où. Mais ce sera toujours mieux ailleurs.

Posée sur de la feutrine rouge, elle dégage un léger parfum si familier. La **natte** !

Sur un morceau de papier kraft, Romain a écrit au feutre noir :

« Désolé, c'est tout ce que j'ai trouvé ! »

ÉPILOGUE

Anouk est assise à côté de Romain sur son lit. Elle n'a pas eu à fouiller les bagages des prétendus suspects. Le carnet est abandonné du côté des écuries au fond de la poubelle. Plus de piste. Même plus de haine. Il lui a dit toutes ces choses qui dérangent, qui secouent le cœur une bonne fois et surtout qui font grandir. Un peu. Mais quand même.

– J'ai fait ça pour Fanny. Pour lui permettre d'attendre que ses cheveux repoussent. J'aimais pas ta façon de la regarder. Son regard à elle sur toi me déchirait le cœur. Jamais elle ne m'a regardé comme ça. Ce sont tes cheveux qu'elle aime. De te voir danser, de savoir que tu as la pêche. Même ta frime, elle te l'envie. Alors, pour tout ça, j'ai sacrifié ta natte. J'ai pas voulu vraiment te faire du mal. Quoique, certaines fois... Et puis j'ai pas pu. Pas su aller vers elle. J'avais besoin d'un trésor... alors ! Fanny est trop gentille. Même ce sacrifice, elle n'aurait pas compris. Elle t'admire trop. J'ai détruit son idole.

Anouk a pleuré. Comme jamais. Romain aussi. Comme parfois.

Dimanche, les familles se pressent à l'entrée de la colo. Le parc des « Lucioles » croule sous les guirlandes de fleurs en papier, les lampions et les stands de jeux. Le gardien a déployé l'unique banderole aux lettres peintes en orange, entre deux bouleaux. La même depuis dix ans annonçant la *Bienvenue* aux papas et aux mamans. Habillés tout beau tout neuf. Avec tout plein d'amour dans les yeux. Avec tout ce qui ne se voit pas dans le cœur. Même si un petit prince a dit quelque part qu'« on ne voit bien qu'avec le cœur »...

Juliette s'est tordu la cheville en allant embrasser sa mère. Du coup son petit cœur à elle ne va pas bien du tout. C'est danser qu'elle veut. Hier et tous les autres jours, elle a répété. C'est pas juste. C'est sûrement à cause de ses sandales idiotes qu'elle est tombée. Du moins, c'est elles qu'elle accuse.

Selon son habitude, Maïa enferme le visage de Juliette entre ses mains et le pose là où elle sait que chaque enfant abandonne son chagrin.

Ariel est déjà aux commandes, le CD est dans le boîtier. Nora a clipsé dans ses cheveux des dizaines de petits nœuds fluo.

Fanny a prêté son bandana du dimanche à Anouk. Il est brodé de perles roses. Comme dans le rêve de Romain. Fanny est au premier rang, serrée près de sa maman. Elle porte le bandana blanc d'Anouk.

Ariel enclenche le CD. La voix d'Elysa se perd dans les enceintes, s'engouffre dans les arbres. Juliette est assise sur les genoux de sa mère.

Nora se positionne, tend les bras vers le haut et là, tout naturellement, Anouk invite Fanny à danser avec elles sur le podium. Fanny connaît la chorégraphie dans tous ses moindres détails. Juliette sourit.

C'est un dimanche de juillet, quelque part dans la campagne. On sent l'odeur des moissons. Les danseuses épousent ensemble le rythme, comme quatre sœurs d'une seule et belle famille.

L'auteur

Erik Poulet est né en 1959 dans l'Yonne où il vit et travaille. Chroniqueur littéraire à France Bleu, il anime en parallèle des ateliers d'écriture en milieu scolaire. Il conserve malgré lui un regard d'enfant sur le monde adulte, écrit depuis l'adolescence (poèmes, nouvelles et romans courts).

Outre le thème récurrent du père présent dans la plupart de ses textes, il aime dénoncer à travers ses personnages la ou les différences rencontrées au quotidien. Une manière de dire aux plus jeunes : « Vous n'êtes plus vraiment tout seul ni jamais très loin des autres. »

Du même auteur

Jusqu'au Tibet
Éditions Thierry Magnier, 1999

Le Bric-à-Mots
Éditions La renarde Rouge, 2001

Comme un gitan
Éditions Thierry Magnier, 2001

Le gang des râteliers
L'École des Loisirs, « Neufs », 2002

Composition et mise en pages par DV Arts Graphiques

Dépôt légal : février 2003
Loi n° 49.956 du 16 juillet 1949
sur les publications destinées à la jeunesse
100998914-I-2,5-BABV-80°-1

Imprimé par Mame Imprimeurs à Tours (n° 03022133)